NÓMADA

(De la falta de amor)

Gabriel Miró

Copyright del texto © 2023 Culturea ediciones
Sitio web : http://culturea.fr
Impresión: BOD - Books on Demand
(Norderstedt, Alemania)
Correo electrónico : infos@culturea.fr
ISBN :9791041812066
Depósito legal : abril 2023

**A mi padre, que murió el mismo día
-6 de marzo de 1908- que se publicó este cuento.**

«Y yo he sido el oprobio de ellos; viéronme, y menearon sus cabezas».
(Psalmo, CVIII)

- I -

Despacio, y en coloquio piadoso con el ama Virtudes, ovillaba doña Elvira la recia madeja de lana azul, para seguir urdiendo los doce pares de medias que ofreciera en limosna. Servíanle de devanadera las rollizas manos del ama.

Era la señora vieja, cenceña, grave, de tabla compungida de priora; y la criada, mediada de años, maciza, con pelusa de albérchigo en las redondas mejillas, luminarias en los ojuelos grises, y pechos poderosos y movedizos, que doña Elvira no miraba sin decirse: «¡Para qué tanto, Señor! Es ya insolencia». Y el visaje lastimero del ama parecía replicarle: «¡Y yo qué culpa tengo!».

-Ama Virtudes, me temo que llegue el frío y no podamos entregar al señor rector los doce cabales.

-¡El frío! ¡Y hasta que anochece cantan aún que revientan las cigarras en las oliveras!

-Atiende, ama, que estamos en septiembre y se han de acabar para Todos Santos.

-Pues para entonces dé la señora los que haya (que bien serán ocho), y los otros en la Purísima, que es cuando es menester el abrigo.

-Dar en veces... -y detúvose doña Elvira, porque la hebra se había enredado en los pingües pulgares del ama Virtudes-. ¡La quebrarás!... Dar en veces la promesa no me agradaría... ¿Lo ves?... Se ha roto. ¡Claro! Es que te distraes, ama.

-¡Es que fuera me creo que habla don Diego!

-¿Dices de don Diego? -Y la señora quedose mirando el ovillo gordo y azul como un mundo de Niño Jesús.

-Sí; ¡a voz de mi hermano!

Jovialmente ladró un perro y sonaron espuelas.

-¡Oh, ama Virtudes, Nuestro Señor no quiere mi paz!

Luego, las dos mujeres pusieron la labor en un rubio cestillo y comenzaron el Rosario.

Pasó un lebrel, que se detuvo resoplando en el regazo del ama; sus fauces abiertas y encendidas simulaban reír; meneaba la cola solicitando caricia; pero ama Virtudes rezaba.

Don Diego quedose en la puerta de la sala. Roblizo, sanguíneo, sólo en lo corvo de la nariz y en los rasgos altivos de la boca había semejanza con su hermana. Iba enlutado y se tocaba con un fieltro inmenso.

-Decían fuera que estabas ya en tu dormitorio, y aun no dieron las ocho en el pueblo. Ahí fuera son todos unos miserables. Me reciben como si vieran al Enemigo.

-Estamos rezando el Rosario, Diego.

-¡Siempre que vengo te encuentro rezando, hermana!

Y el caballero sonrió; sentose en una butaca y exhaló una espesa y blanca nube de humo de su cigarro.

A sus pies tendiose el perro.

-Estamos rezando, Diego.

El caballero descubriose, y reclinando la cabeza, rapada y sensual, en el borde del ancho respaldo, se quedó mirando las vigas.

En el segundo Misterio, el lebrel tuvo pesadilla y comenzó a gañir y estremecerse. Los senos de ama Virtudes palpitaron tan violentos y pujantes, que la señora los contempló iracunda.

-¡Señor, Señor! -suspiró el ama cruzando los brazos; pero no lograba serenarse.

Don Diego condujo el perro a la cocina, la obscura; el mastín de la heredad arrufó ferozmente, arrastrando la cadena sobre los cantos. Ladraron las dos bestias enloquecidas; gritaba don Diego y respondíale zahareña una voz de mujer.

La señora besó la cruz del abalorio, y dijo:

-¡Ama Virtudes, Nuestro Señor no quiere mi paz!

Ama Virtudes, que ya había recuperado la suya, gimió beatísima:

-¡Señor, Señor!

En otro tiempo, fue don Diego alcalde de Jijona. Varón opulento y llano, trazó festejos peregrinos; hizo grandes mercedes. Tenía dos galeras para ir con sus amigos a holgar en las masías, y caballos veloces que montaba como un indio. Casó en razonable edad con una castellana, tierna y hacendosa como la sabina o calabresa de Horacio; y engendró una niña delgadita y pálida. Creció la hija; siempre estaba callada, y sus ojos viajaban, sin saciarse, por los campos y el cielo. Cuando llegó Pascua Florida, la vistieron de blanco. Su padre, al mirarla, reía secándose las lágrimas, y la llamó rama de almendro en flor. «¡Si no me atrevo a besarla para que no se deshoje!».

Y el tifus la deshojó. Murió la niña y murió la madre. Don Diego blasfemaba con locura, pero sufragó misas y plegarias hasta en la capilla de su principal masía, en la ermita de San Sebastián y en el humilladero de San Antonio; y rezó muchas tardes con su única hermana doña Elvira, que se mantuvo siempre en doncellez y habitaba una heredad blanca, acribillada de ventanitas y luceras y tapiada como un convento.

En los estrados de las casas señoriles de Jijona, en los portales de las humildes, platicaban las gentes del apartamiento y aflicción de don Diego. Este hombre fuerte, alborozado y aturdido, que jamás supo paladear la miel de la vida, aun desbordante de contento, sufría reciamente cuando aquel se disipaba, y el recuerdo del bien, apenas gustado, le ceñía de dolor el alma como un cíngulo de fuego.

-¡Señor -decía-, si es que yo no me daba cuenta; y me marchaba y no las he gozado! ¡Señor, devuélvemelas; ahora que sería todo padre y todo esposo! ¡Lo juro! ¡Señor, yo qué sabía!

Y el afligido vagaba por los corredores, por el comedor y las salas de su casón, gritando los nombres de las muertas. Seguíale siempre el perro, alto, flaco, caminando lento y entristecido, con tanta humana tristeza en sus nobles ojos que parecía pensar: «¡Si yo pudiese llorar sin que tú, amo mío, me oyeras!».

Una tarde, rezando con su hermana, sintió don Diego que la angustia, angustia crasa, toda hiel, le ondulaba hasta en el penetral de su alma, y cortó un Credo con sollozos. Doña Elvira, para mitigarle, dijo dulcemente:

-¡Si Nuestro Señor se ha acordado de tu mujer y de tu hija y ha dispuesto de ellas, es porque así convendría, hermano! Murieron nuestros padres, morirás tú, moriremos todos... ¡Todo ha de morir! ¡Pues cúmplanse los designios del Altísimo! -Y luego prosiguió:- Padeció bajo el poder de Poncio Pilato.

Don Diego cruzó a saltos el aposento. Pronto los cascos de su potro cavaron el camino de heredad en galope frenético, mientras el caballero murmuraba: «¡Y por qué el Altísimo no se habrá acordado de mi hermana!».

...Cuando por las noches llegaba a su mansión, ama Virtudes, ama porque lo fuera de la niña muerta, lo recibía suspirosa. La frente y los carrillos del ama relucían de grosura. Sus ojos, entonces, eran todo lumbre. Mirábala don Diego preguntándose: «¿Qué habrá dentro de esta pobre orza de manteca, siempre encarnada y resudando?». Seguidamente padecía remordimientos de la grosera desviación de su amargura.

Alumbrábale ama Virtudes hasta su alcoba, dejándole una candela prendida y agua en un hondo copón de vidrio rizado. Luego intentaba llevarse el perro, y éste, que, aunque manso, era socarrón y malicioso, derribábase en la alfombra y le entregaba sus brazuelos, como diciendo: «¡Arrástrame si puedes!», y entornaba los párpados para no ver a su enemiga. La cual no podía.

Desnudábase don Diego, y el lebrel le enviaba su mirada húmeda y grande. Apagada la luz, sentía el caballero un vaho caliente y sonoroso. De súbito, el arcaico lecho de caoba lanzaba un crujido de ruina, y el perro hundíase enroscado en la blandura.

Lo supo ama Virtudes y lo contó a doña Elvira, que distrajo la lección de los Anales de Nuestra Señora y estuvo meditando espaciosamente. Después pronunció:

-Dime, ama Virtudes: ¿y no será esto la cruz que te ha deparado el Altísimo?

¡Ay, sí! La señora hablaba sabiduría. ¡Era su cruz! Y suspiró:

-¡Señor, Señor!

De margen a margen de la acequia se cruzaban las junqueras, altas y negruzcas. Pasaba el agua, panda y limpia. Las suelas del calzar de don Diego se habían teñido de suco de hierbas. Alzó las fuertes manos y combó una rama del avellano que le nublaba el sol, y la mordió y aspiró la fragancia de la corteza herida. Lejos, un chopo temblaba sobre los cielos gloriosos de azul profundo en soledad de nubes. Era una mañana de junio.

Don Diego se sentaba, se tendía; estregaba su boca en la frescura del verdor; enfurecido, pasábase el pañuelo por la nuca, por la frente y las sienes persiguiendo hormigas invisibles.

«¡Pues yo debo de tener hormigas, y me entran y llegan a los mismos huesos! Pero, ¿dónde están?».

No estaban. Bañose a puñados toda la cabeza. ¡Y la comezón, sin alivio! ¿Sería su sangre? ¡Oh, huía de la tristura de su casón; moría su alma en el trampazo de los recuerdos de dichas disipadas; sufría! ¡Y su salud era espléndida, y su sangre le regaba espesamente, y todos sus poros parecían abrirse codiciosos de deleite!

Pasó un ganado que le dejó ambiente de majada. Detrás iba el pastor haciendo pleita.

-Salud, don Diego -le murmuró.

Ya remotos, destacábase el cabrón brincando pesadamente entre las hembras dóciles, apretadas por el sendero.

Pasaban mujeres campesinas, anchas, fuertes, de trenzas opulentas y senos maternales.

-Salud, don Diego.

¡Salud! ¡Si estallaba de salud! ¿Cómo podía decirse que el sufrimiento enflaquece y mata a la misma mocedad, si él tenía cincuenta años y desgarrada el alma, y le borbotaba la vida como al avellano mordido y al morueco bravío?

Dejó el paisaje. En el pueblo juntósele un amigo. Fueron al Casino; pidieron ron y fumaron puros.

-Te estás cebando, Diego -dijo, de antuvión, el camarada.

Diego le odió y se odió a sí mismo, porque era verdad. Aquella quietud suya -añadía el otro- no daba sino fuerza para padecer con fuerza... ¿No sería preferible abandonarse a la misma vida, otorgándole lo que pide? ¡Qué iba a hacer! ¡Acabaría por reventar! Don Diego se vio reventado, llenando un féretro gigantesco, puesto en su tumba entre un ataúd blanco, afilado, y otro negro, largo y estrecho...

Cenó. Ama Virtudes le oyó silbar y salir.

Don Diego contempló la noche, llena de astros. Uno grande y pálido le dio congoja. Y buscó el refugio del Casino. En una sala había ruleta.

-¡Bravo, don Diego!

-¡Por fin, don Diego!

Fue acogido alegremente.

Muy tarde llegaba a su portal. Abriole ama Virtudes.

-Pero, ama, ¿por qué me espera? ¡Si tengo llave!

Ama Virtudes iba ataviada como de día; su cuello, de doble ola de carne, trascendía de colonia reciente; en sus orejas vislumbraba el aljófar y coral de sus arracadas de nodriza, y su cabello, surcado por raya en medio, se plegaba con picarescas gracias de tenacilla. «¿Qué habría en lo hondo de esta manteca rezumante?», se preguntó don Diego. Y la estuvo mirando, mirando. Ama Virtudes sentía que las gallardas cúpulas de sus pechos se alzaban.

-¿Sabe, ama? -repitió don Diego-, no me aguarde más. Yo tengo llave.

El ama suspiró y no dijo palabra. Y todas las noches lo esperaba.

Don Diego acabó por casi morar en el Casino, fumando puros, sorbiendo ron y jugando frenéticamente.

Vendió su gran masía; después otra y a poco la última.

Súpolo doña Elvira. Noticiábale ama Virtudes las ventas postreras, y ya prorrumpía en su invocación al Señor; pero aquélla la contuvo pidiéndole súbita, desencajada:

-¿Por cuánto dices, la última?

Y como era exigua la cifra, quedó en abatimiento la señora.

-¡La perdición, ama Virtudes, la perdición!

...Don Diego, siempre robusto, anito de Casino, pensó con Juan Ruiz:

> *«...Que una ave sola nin bien canta nin bien llora,*
> *el mástil sin la vela non puede estar toda hora,*
> *nin las verzas non se crían tan bien sin la noria...».*

Y aunque no había leído ni el nombre del famoso arcipreste, conoció mucho a doña Venus, y hubo hembras placenteras.

Y en el recogimiento de las salas señoriles, y en las cocinas patriarcales de las masías comarcanas, en las calles y en los caminos, se murmuró menudamente de la vida de escándalo del caballero. Sobre él llovieron avisos prudentísimos de graves señores y consejos de amigas de la muerta.

Todo se lo contaron a ama Virtudes, que se presentó a don Diego sin arracadas ni olores y lacias las bandas de su cabello, despidiéndose de su servicio, porque pasaba al de la señora doña Elvira. «¿Se habrá enterado -pensó don Diego- de que he vendido hasta mi pobre casón, y escapa villanamente de mi ruina? ¡Dentro de esta orza de manteca sólo había codicia!».

Codicia y otra cosa que no averiguó nunca don Diego.

Era distraído caballero.

Ya no era corregidor. Agótesele el caudal. Y casi con los últimos dineros, encargó a Valencia dos ampliaciones fastuosas de los retratos de las muertas. De lo cual recibió fiero enojo doña Elvira. No, no era posible apiadarse del pródigo. Y ya lo acogió siempre rezando, para evitar todo cuento de lástimas y súplica de auxilio.

Decíase don Diego: «Mi hermana es una miserable... Los criados de mi hermana son unos pobres diablos, y son también unos miserables, porque no reflejan únicamente la frialdad de su señora, sino que añaden odio natural y alegría grosera viendo menesteroso al encumbrado».

Sintió entonces otra soledad que no era la noble, íntima y romántica que ennoblece y alumbra y ama el espíritu en tribulación por muerte de los amores, sino soledad hecha por las gentes dentro de ellas mismas.

«¿Y si yo me colgara de un olmo, del de mi patio, por ejemplo? -se dijo al despertar una mañana-. ¡Matarme, no!... Pero, ¿y si me marchase muy lejos?...». Y vio como un campo inmenso; en lo cercano, seco y obscuro -y aquí estaba él-; y en el confín remoto caía el regocijo del sol cruzando de oro florestas lujuriantes. ¡Oh tierras apartadas; oh tierras nuevas!

Dañábale la visión de los montes natales, hoscos montes de umbrías sativas y laderas con muros de albañilería para contener las parras que rinden los famosos racimos invernales.

Evitaba las huertas y cañadas, antes amigas, porque él no tenía ya terrazgo suyo.

Y huía de las gentes... Los hombres de Jijona, esos fenicios del turrón, alborozados y audaces, y las mujeres de Jijona, esas hembras de trenza tendida, pálidas como la fruta descortezada de sus almendros, le miraban...

Desde las ventanas del maldiciente Casino, tacaños amigos de hacienda cuantiosa, señoritos baldíos y hasta los mismos ajedrecistas, terribles como agoreros, le miraban.

Los pobres policías lugareños, cuyas blancas o grises alpargatas destacaban crudamente con el uniforme -lo notó siempre don Diego- menoscabando, acaso, la autoridad de los arreos, también tornaban la cabeza para mirarle y malsinar...

Acercábase el Corpus, festejado en este lugar con maravilloso ardimiento. Tienden los jijonencos sogas de balcón y fenestra a balcón y fenestra fronteros, y cuelgan espesamente las calles, nublándolas, con albendas, fundas de cabezales y sábanas bordadas y humildes, con livianas tellizas, recios cobertores, camisas y enaguas lisas y randadas, zagalejos rozagantes, medias blancas de abuela, rojas, negras, azules, de piernas fuertes; con todas las ropas y lencería de los hogares que, mirándolas, mueven a pensar en tálamos de cumbre imponente, en léenos blancos de doncella, en cuerpos secos, bisuntos, rollizos, nerviosos, limpios, placenteros; en la mocedad, en la senectud...

Los corazones de las mujeres de Jijona se acucian y envidian en este día eucarístico.

Y don Diego, que imaginaba ese delirio de júbilo y emulación, y que contemplara un gran rato vacíos sus arcaces, en cuyos ángulos se habían podrido los membrillos puestos por la muerta, ansioso, transido, vendió su caballo, regaló su lebrel y huyó del lugar...

¡Oh tierras desconocidas y apartadas! ¡Oh santas tierras, refugio y alivio de las ansias del hombre lacerado!...

En el cabriolé de la diligencia viajaba don Diego, un curita y su madre, mujer de pueblo, cruzado el busto por pañolón pintoresco y rancio, de suaves pliegues. El polvo del camino Labia puesto como blusa de molinero el hábito del presbítero. La madre guardaba bajo su delantal el sombrero afelpado del hijo, y cuando les cegaba una tolvanera, decía:

-¡Mira que no traerte gorro para ti ni caja para el sombrero, siendo el nuevo!

Y el curita siempre contestaba:

-Es el no pensarlo, madre.

Enternecían a don Diego estas menudas tribulaciones, y aborreció al mayoral, que ladeaba la cabeza para celarlas con calma y burlería.

La diligencia se detuvo en una venta grande, de paredes tostadas, para remudar el bestiaje. Se veía apartado un pueblo blanco, reposando entre el vaho de bancales segados. Era una llanada.

Algunos viajeros se acercaron al capellán y estuvieron hablándole; sus gestos eran iracundos, terribles. El curita volviose a don Diego:

-¿No ha oído? Dicen que nos van a enganchar un caballo loco.

Un señor gordo, con lentes negros, donde se espejaba la venta y el cielo en lindas miniaturas, habló de acudir a las autoridades del lugar cercano.

Don Diego contempló el pueblecito, que dormía en la paz campesina, alumbrado por el buen sol. ¡Autoridades allí!... ¡No era una lástima! ¡Como en todos, autoridades y gentes con ruindad, con agobios y malquerencias en medio de la calma y alegría geórgicas!

Por el portalazo del hostal asomaron las bestias, apeladas casi todas, blancas, con salpicaduras cenicientas, como tomadas de la tierra de los caminos. Reposadamente, sueltas y solas, se acercaron al abrevadero, pilón largo y angosto, verdeante como una acequia y techado con vieja parra de uvas polvorosas picadas por los pájaros. Pero el agua no se vertía allí con estruendo y libre, sino mensurada tacañamente desde una caja que encerraba la espita.

Esta muestra de sordidez irritó a don Diego más que el peligro del caballo loco. ¿Quién no se fingía al ventero, antes de dar con el arbitrio de la prisión del agua, notando sus hurtos o pérdidas, agrio de palabras con los viandantes, con su mujer, con los hijos, y maquinando siempre, en la cama, en la cantina y sentado a su puerta durante el crepúsculo?

La madre agua, que regocija nuestros ojos, que suaviza y encalma nuestros nervios, que sólo oyéndola nos parece sentir su fresca delicia, presentaba también a don Diego rapacerías, codicias de los hombres.

De súbito le distrajo el vocerío de la gente. Al uncirlo, se había encolerizado un caballo; coceaba, bramaba, saltaba proceloso.

-¡El loco, el loco! -gritaron despavoridos hombres y mujeres.

Y el mayoral reía socarronamente, murmurando:

-¡No hay cuidao, no hay cuidao!

Todos le miraban con rabia. El de los anteojos propuso el abandono del coche y quedar en aquella solana.

-¡Al amparo del Señor! -agregó la madre del presbítero.

Don Diego se contenía para no alborotar la contienda. Jinete y bridista o auriga intrépido, amaba las audacias. Gustosamente le daría dos puñadas al cochero por vengar las angustias del clérigo y su madre, y aun otra al hostalero, porque sí. Pero éste se había entrado y aquél no admitía pendencia. Nada más reía bellacamente, y no de don Diego, que terminó por decirse: «Es que este nombre no habla, no insulta, no atropella; goza, se esfuerza haciéndose odioso... ¡Y no es menester!...».

Rodó la diligencia cruzando viñales y rastrojos. Los pasajeros seguían gritando amenazas. Los caminantes la miraban pasmados. «¡Van locos!», dijo un mendigo; y un labriego que azadonaba cerca, replicó desperezándose: «¡Habrán comido en la venta!», y siguió cavando.

El estrépito y bazuqueo del coche; las campanillas de las colleras, que sonaban según el trotecico de las bestias; el zumbar de moscas y la canción salmodiante del zagal, rindieron las fieras voluntades, y fueron las cabezas reclinándose en las tablas mugrientas y los ojos cerrándose. Si un trampal o un remiendo de grava del camino atollaba o sacudía el carruaje, la gente despertaba buscando, con pupilas espantadas, al caballo loco.

Menguó la marcha. La diligencia se había parado.

-¡Si eso ya lo pensaba yo! -dijo con gran voz el hombre de los lentes.

El curita, asido nerviosamente a un brazo de don Diego, alongaba el flaco cuello para mirar, mirar. La madre invocaba a San Rafael y a San José.

Y el mayoral se reía en silencio.

-¿Qué pasa, qué pasa?

Nada; que se había soltado una brida del delantero.

Aunque decían del caballo delantero, todos miraban al caballo loco.

Y cuándo el coche se detuvo en el primer pueblo, los viajeros se derramaron por las calles: quiénes buscaban al alcalde, quiénes rodeaban al párroco, que saliera a retirar de la valija El Siglo Futuro.

El administrador de postas y coches en aquel villaje dispuso la remuda de la bestia aborrecida. Y el mayoral desenganchó y llevose un humilde caballo de orejas mustias, mirada triste y ancas hundidas y osudas, de recio pelo amasado por el sudor. Después salió, risueño, tirando de otro animal en cuyas quijadas doblábase un bálago largo y nudoso traído del pesebre.

La gente se amotinó. ¿Qué era aquello?

-¡Fuera el loco! ¡Que se lleven al loco!

Y todos los brazos señalaban al caballo que había saltado y coceado en la venta.

-¡Pero si el loco -exclamó el mayoral entre una carcajada que le inflamó hasta la frente-, el loco es el de antes, que está ya en la cuadra!

Don Diego miró con desprecio a los viajeros, bajose del cabriolé, acarició al caballo odiado por tantos corazones, entró a los pesebres, se abrazó al pobre loco y lo besó llorando...

Delicia exquisita y bienhechora para la carne y el alma debía ser recibir en la piel, en la nariz, en la boca, en la mirada, la frescura de aquel prado francés de heno espeso y jugoso que hollaba don Diego, porque, contemplándolo, olvidó por un momento el nómada caballero toda su malparanza. En su pueblo, lo más parecido a esto era un vasto plantío de alfalfa de su gran masía y los alcaceres de las haciendas de su hermana...; pero no; no era comparable, porque en Jijona no había anchura, y a los verdores atusados de la sementera seguían tierras peladas. Aquel prado era una soledad vastísima, mullida de terciopelo esmeralda, que exhalaba un leve humo de niebla ondulando dulcemente en el confín, donde pacían vacas rojas y se alzaba una torre de pizarras agudas.

Don Diego había envejecido. Su barba estaba abundosa, crespa y candida como una ola rompiendo en peñascal, y su cabellera, larga, hirsuta y blanca como una encina nevada.

A poco de expatriado, rodaba el caballero de Consulado en Consulado español. Y así arrastró sus hambres por tierras americanas, y arribó a la vieja Europa. Vio artistas y hombres de sabiduría; de ellos calvos, de ellos con barbas y cabelleras proféticas, como las suyas. Y ya las quiso tiernamente, porque al volver a su patria vencido y miserable, ellas guardarían la evocación de su vida peregrina, horra de miradas tenaces de paisanos.

Una noche, en Francia, jugó y hubo fortuna. Comió refinadamente, bebió vinos perfumados como frutas, y sintiose fuerte y ganoso de amor placentero. Lleváronle amigos nuevos y alegres a un hotel. La dueña le presentó una hermanita suya, según dijo.

Quedaron solos la niña y don Diego. Se miraron; quiso ella hablar, y él le pidió que no hablase. Después la besó en los ojos y en los cabellos; le entregó diez luises que le quedaban; quiso besarla más. Y el aventurero sollozó. Entraron los camaradas y hubo júbilo de burla. ¡El pobre viejo!...

...Y esta memoria le acompañó mientras sus pies se hundían en la pastura tierna y espesa. Detúvose y balbució:

-¡Ella era tierna como este heno y tenía catorce años, como mi nena!

Y contempló la lejanía melancólica. En el crepúsculo llegó a Burdeos.

Y el señor cónsul lo remitió a España.

Remataban el cabo peñascos monstruosos, infernales, de la color y rudeza del hierro. Llegaban verdes, anchas, las olas, de cumbres como torsos redondos y palpitantes; hacían un avance de fiereza humana; dentro de ellas chocaban rugidos espantables; se precipitaban y, alzándose, caían tronadoras sobre las rocas; y al separarse rendidas, se descubrían los abismos, las cavernosas raigambres del peñascal; y hervían, tejiendo blondas, las espumas, sonando como las mieses maduras.

Tendido en el hueco de un peñón saledizo, cavado por las aguas, sorbía con avidez don Diego la sal y el estruendo y la respiración untuosa de las entrañas del mar. Pasábale una ola, y el nómada besaba ambiente y espuma, y su barba y cabellera mojadas Y lacias; y enternecíale verlas como plantas marinas, goteando mar en las peñas, por cuyos surcos bajaban arroyos y trenzas de agua, con sus canturías y retozos, que hacen los buenos y dulces arroyos de las sierras, padres del césped.

Miró don Diego los costados del roquedal grietosos, mordidos, llagados por la devoración de as aguas. ¿Cuántos siglos tendrían las pobres rocas? ¿Tendrían dos siglos? Más. ¡Lo menos cinco! ¿Cinco siglos? No servía contar. La cifra, ante lo magnífico, no expresa... ¡Entonces las pobres rocas tenían siglos, siglos, siglos! Y desde que fueron, sólo allí habían estado; quizá siempre allí, sintiéndose ceñidas por brazos de oleaje. Y las corrientes de aguas, dejadas arriba por la ola, les caían como lágrimas que escaldaban y abrían sus mejillas.

Él tenía sesenta años, y había amado, había placido de la vida jubilosa, había llorado. Empobreció; cruzo tierras extrañas; resistió su aflicción los alborozos y faustos de los pueblos y el silencio y soledad de los paisajes; y entre tanto, las aguas rodaban por estas pobres rocas; cuando nació su hija, las aguas caían por ellas; cuando murieron sus amores, cuando abandonó Jijona, también las aguas se derramaban por las rocas...

¡Señor, cuánto, cuánto le había sucedido, le había pasado en sesenta años, y a este pobre peñascal tan sólo le había pasado y le pasaba el agua del mar, sin brotarle la alegría de una hierba!

Y don Diego se conmovió de lástimas que le lucieron retorcerse en la oquedad de su peña. Afligiose imaginando el bastión enorme de las rocas; se vio trozo de roca y le pareció que, siéndolo, era más de la Naturaleza... ¡Señor, sentirían, sentirían ellas, correría debajo del mundo, de todas las cosas, un infinito y delicadísimo sensorio y un alma universal!...

Y sonó en el cielo un grito, una quejumbre, y vio sobre su frente una gaviota que, asustada del hombre, retrocedió hacia el mar.

El nómada se alzó. Inmóvil, esparció sus ojos hasta el horizonte, perdido en un misterio de brumas y de tarde acabada.

Tornábase negro el acantilado. Era como una ingente basa de aquella estatua plasmada por el cincel del dolor.

Resplandeciente, rápido y fantástico como una isla alada, como un palacio leyendario, pasaba un transatlántico. Adivinó el hidalgo levantino alegrías y goces de viajeros, damas envueltas en fragancias, y hubo en su alma resurrección de ansiedades epicúreas, y luego tristeza lancinante y llorosa, fingiéndose abandonado de aquel bello barco de la dicha, que iba apagando la distancia...

Apartose del mar. Oíalo lejos y muy hondo. Miró a la altura constelada, y desde el faro, hosco mástil cuyo fanal relumbraba como un topacio enorme, descendiole un camino de polvo luminoso, blanco y leve, que atravesó la noche. Y al rodar otro destello, volvió a nacer el delgado cendal de luz, que tenía la pureza de esas lumbres que pinta la piedad desde el cielo a la frente de los ungidos por Dios.

Súbitamente, don Diego se anegó en dulcedumbres. Sobre él bajaba también la gracia del Señor. Sentía como la delicia que pudiera penetrar en un árbol sediento al ceñirle el riego.

Le parecía que por los senderos de la luz llegaba serena música de órgano, expandiéndose en el viento...

¿Cómo en aquel yermo sonaba un órgano? ¡Si no podía ser! Allí no había templo ni monasterio, ni otra mansión sino el faro terrible y negro, un índice de coloso. Y pues el nómada no sabía de Pitágoras y no sospechó nunca el ritmo o armonía del universo, y resonaban en ráfagas, limpios y religiosos, los acordes de órgano, órgano habría. Convencido de ello, don Diego avanzó, cayendo y arrastrándose por los agrios peñascos en busca del milagro de las melodías.

Llegaba a la torre cuando el armónium producía un trémolo celeste. Y se apagó brusco, roto. Entonces abriose la puerta del faro y perfilose la silueta de una mujer enlutada. Vio al nómada y cerró. Luego reapareció, seguida de un anciano que vestía blusa de mecánico, holgada y larga como una túnica.

Aunque las ropas del caballero daban barruntos de mendiguez, tenían hechura hidalga; y las sencillas palabras de salutación que balbució al levantarse del peldaño donde se postrara para escuchar, y el verlo viejo y empapado de olas, movieron el ánimo de la doncella y del torrero a ofrecerle descanso y abrigo.

No manifestaba el vestíbulo del faro indicio de lo que cautivara a don Diego en la soledad. Su menaje oficial; lo reluciente de los metales; un intenso olor de parafina y materias lubricantes; letreros técnicos de latitudes y altitud, y un hondo ruido de muela harinera que producía la rodadura de la lámpara, enfriaban el corazón romántico. Y sentíase al entrar lo que puede sentirse en los escritorios de una fábrica o en una oficina del Estado.

Crispose de indignación la boca de don Diego. ¿No era lástima que en paraje tan grandioso y fiero habitasen los hombres como en cualquier dependencia de la alcaldía de Jijona? Si él fuera de eso, de eso..., no se acordaba. ¿Cómo se llamarían los hombres que cuidan de los faros? Y lo preguntó.

El anciano de la blusa contestole que torreros o faristas.

-Es verdad. Pues, señor farista, si yo lo fuera quemaría estos trastos; y ese armónium que usted tiene oculto, lo pondría junto al portal para ver el mar, las montañas y el cielo mientras tocase.

El del faro, que debía de ser hombre impresionable, imaginativo, contempló con interés al nómada, el cual adolecíase entonces de un horrible quinqué, pendiente de la sopanda del tedio. Hacía la luz quietecita, humilde, de velón, como si supiera, cuitado, los pulcros esplendores del fanal que se esparcía en brazos amorosos por las inmensidades. Una misma substancia los nutría, y él sería siempre quinqué colgado, con sus míseros garabatos de hierro y su tubo flaco, de cintura de vieja irascible.

Esto también se lo habló al de la blusa, que miró sonriente y compasivo al quinqué humanizado por el forastero.

Pasaron a otro aposento, donde estaba el órgano. Era éste una caja inmensa de maderas rudas, vírgenes y de tuberías oxidadas. Pisó el nómada los fuelles, tundió su puño en las teclas, y se produjo una algarabía de voces nasales, como si hubiese espantado un nidal de gaviotas.

Don Diego les habló de los órganos de la Catedral de Colonia, de Nuestra Señora de París, de San Marcos de Venecia. Mentó a los maestros de la música que él viera y admirara. Y dijo de sí, de sus aventuras, y este nuevo Ulises prendió entusiasmos y lástimas en aquel buen Alcinoo de la blusa y en el pecho de aquella Nausicaa enlutada.

No le sentaron en silla de clavazón de plata ni le sirvieron regios manjares; pero le dieron con largueza vino calentado, cecina y sopada de leche, que ordeñó la doncella de una cabra blanca y velluda que balaba en el patio.

El torrero también cenó con el huésped. Intimaron. Él era el organista en aquel templo de la noche, y él quien en los ocios labrara el órgano y un piano que en otra pieza se veía con funda bordada. Desde su mocedad vivió en faros. Amó el servicio en islas y torres encumbradas, y su mirar profundo parecía hecho para apacentarse siempre por las soledades de las aguas. Fue en la última isla que habitó donde su mujer le había abandonado. Y desde ese retiro presenció cinco naufragios. Era fatídica la isla; una losa de roca brotaba de ella y se tendía submarina hasta lejanamente, y contra esta laja, agazapada en el mar, se estrellaban los buques. El último siniestro fue en tarde estival; las aguas tenían una paz azul. Era buque de emigrantes. Lo vio montar, encabritarse sobre la peña; aullaron roncas las sirenas. Acudieron barcas pescadoras; pero la muchedumbre de náufragos, que levantaba una vocería angustiosa, estridente, agarrábase a las bordas, y ante el peligro de zozobrar, las barcas hendían los montones y grumos humanos, y sólo eran recogidos los dichosos que quedaban flotando a los lados. El buque tuvo subida su proa dos días sobre los peñascos. Se hundió lento, cabeceando dulcemente.

-Yo lo vi una mañana de calma acostado entre las aguas, y lloré. ¡Cuánta tristeza!

Y el torrero lloraba también diciéndolo. Algunos pescadores de los que acudieron a este naufragio no eran hombres sencillos ni honrados, porque después ya no le quisieron; ¡a él, que en las furias del mar, cuando las barcas no podían salir a la pesca, les leía y tocaba el piano y el órgano! Y es que hicieron pillaje en el buque; llevaban relojes de oro y se odiaron por envidias.

La doncella les dejó para subir la cena al torrero que hacía el primer turno de guardia. Era casado, pero su mujer estaba postrada de dolores.

-Por eso yo le cedo la primera guardia, y mi hija le cuida.

Tierno y efusivo, añadió:

-La pobre se ha hecho delgadita y blanca; blanca, porque pena... Y como sube tantas veces los setenta peldaños de la torre..., pues tiene unas piernas tremendas, de gimnasta.

Los dos viejos sonrieron suavemente. Bebieron vino, ya tibio, y quemaron el tabaco de sus pipas.

Don Diego extrajo de su seno una miniatura de su hija, y la mostró al amigo.

-¡Lástima de hija!

Orlaban la miniatura pequeños diamantes, defendidos con heroicidad y abnegación de la miseria. Pero el nómada preveía la venta, y besó el marfil.

El músico le habló de su doncellita. Estaban concertados sus desposorios con un mozo de padres labradores ricos, cuyas haciendas, de vastas obradas, se hallaban a tres leguas, que caminaba el novio todas las noches para llegar al faro. La calzada orillaba la costa; había atajo por dentro de las grandes sierras, pero reducido como una cornisa, saliendo en las altitudes sobre los abismos; era horrible y nadie lo pasaba. Y este mozo, que ansiaba sus fiestas nupciales y les trazaba la vida campesina de todos juntos, pronto se cumpliría un mes que había desaparecido. Desde las ventanas y terraza de la casa, desde la voladiza galería de la linterna, la hija atalajaba el camino, que en lo remoto entrábase en manchones negros de fronda. ¿Qué iba a hacer él para curarla de su pena, que la acababa, muda, seca?

-¡Amigo, amigo; ni un gemido, ni una lágrima!

Y el cuitado mordió su barba corta y blanca.

-¡Ahora que estábamos aprendiendo las Siete palabras, de Haydn! ¿Las conoce? ¿No?

Y el anciano sentose ante su órgano.

Brotaron acordes dulces, lentísimos; luego, un haz de notas tímidas, rizadas. Trémulos los dos viejos, se dieron la mirada húmeda y hermana. ¡Oh, si ellos fueran compañeros de vida en aquel yermo!, exclamó entusiasmado el músico. ¿Cómo eran los órganos de San Pedro de Roma? ¿No los había visto? Él construiría uno inmenso... Había de ayudarle. ¡La música, la música!... Sí; don Diego fue infortunado, pero había también gozado mucho en sus años errantes... ¿Y el violoncello? ¿Le gustaba el violoncello? ¿Sí? ¡Pues pensaba hacer uno! Tenía ya las láminas combas de madera y el modelo en cartones... Se lo mostró. ¡Por qué no vivirían juntos!

El nómada participaba de la cordialidad del artista. Doliose de no saber de música, de no tañer nada. ¿Y no sabía nada, nada en este arte?, le preguntaba cariñoso, sencillo, el organista. Y una vanidad de muchacho tentó a don Diego, y dijo que cantaba.

-¿Canta? ¿Sabe cantar? ¡Pues yo le pondré acompañamiento a todo cuanto diga!

Y ya se apercibía, sacando registros, trabajando los fuelles; mas desmayó en tristeza.

¡Su hija sufría, y la voz -que le perdonase don Diego-, la voz no era como el órgano, que no borra ni interrumpe el recogimiento! El sonido del órgano resbala sobre el fondo de los silencios sin rasgarlo.

Los dos amigos tornaron a beber del vino, ya frío. Y encendieron sus pipas.

-¡Oh, si fuéramos camaradas! -dijo ahora el nómada.

Y el amigo murmuró que su soledad se sentía más que la del hidalgo, porque siempre era la misma. Andar, andar, se acompaña de la renovación de gentes y pueblos.

-Es que yo -gimió el errante- ya quiero la compañía de las almas, porque ahora que resuena en la mía, siento fortaleza. ¡Un alma, un alma para mi alma!

Don Diego coincidía entonces con Carlyle en que lo venusto y más intenso de todas las realidades era el alma humana, «voz del Creador del mundo que habla todavía con nosotros». ¿Acaso él -añadió el hidalgo- no vivía con otro hombre amigo, compañero de faro...? Mientras que...

-El otro, el otro -interrumpió frenético el artista- sólo habla del escalafón de torreros; de introducir reformas en el Cuerpo que le permitan ascender brevemente... ¡Se muere porque me jubilen pronto!

Y luego, dulcificado por la tristeza, sin ira, confesó que el otro y él no se amaban. Era hosco. Había intentado acercárselo tocando en el órgano El rey que rabió, que era lo que más encarecía, y nada. Nunca le había alabado su música ni las obras de sus instrumentos... Tampoco manifestaba advertir los cuidados y finezas de su hija...

Marcaba el reloj la hora del cambio de la custodia del fanal. Fuera, en la noche, el vendaval arrastraba sus alaridos por las cumbres y honduras. La puerta del faro estaba abierta, porque la doncella había salido, creyendo oír en el viento la voz del amado.

Los dos amigos apuraron las jarras y cargaron las pipas.

Retumbó el órgano hondo y rudo en una deprecación de voces de hombres primitivos.

-¡Maestro, amigo! -gritó congestionado don Diego-. ¿Qué es esto tan grande, tan maravilloso, tan bárbaro?

La armonía tronaba rugidora, salvaje.

-¡Esto es mío, mío -aulló, terrible, el músico-; es mío: oración de olas, de peñascos, de gigantes, al sol!... Pero el otro no me deja, no me deja acabarlo, porque se desinquieta su mujer, que padece de neuralgias.

El otro surgió por la puertecita del hueco corazón de la torre.

Quedó espantado del delirio de aquellos dos hombres.

La hija advirtió al padre que había pasado la hora del relevo.

-¡No hay relevo! -exclamó el nómada-. ¡Que alumbre el faro solo y libre!

-Usted no debe de conocer los Reglamentos y Ordenanzas de...

Don Diego cortó el enseñamiento del recién venido con las primeras notas de La Marsellesa, cantadas desaforadamente. Pero el músico se abrazó a él pidiéndole el silencio por su hija... Había de subir; el otro le denunciaría.

-¿Sí? ¡Pues arriba! ¡Yo también subo!

El segundo torrero se puso delante de la entrada de la columna. Era gravísima la responsabilidad...

No pudo acabar. El nómada lo apartó con desdén; hundiose en las tinieblas seguido del músico, y estalló una risotada que, entre la piedra, sonaba empanada, lúgubre, como de hombres sepultados vivos...

VIII

Una gasa zarca infinita besaba toda la tierra, azuleándola blandamente. Las montañas eran como altares ciclópeos donde se quemaba el incienso de las nieblas. La espalda del cabo se alejaba abrupta, pelada. Lejos, un pino centenario, torcido, de ancha fronda, hacía más intensa la soledad. La costa retrocedía y avanzaba randada de espuma. Detrás del vaho matinal se adivinaban otras sierras livianas y azules, como masas de nubes. Y el mar liso, con un tesoro de monedas de sol en el horizonte oriental, subía al cielo fundido en concordia purísima que enterneció al nómada.

La brisa ondulaba y alzaba las torrenciales blancuras de la barba y cabellera del hidalgo, que sonreía bondadoso, pareciéndole el airecico un nieto que jugase con la magnífica cabeza del abuelo.

Desde aquella cornisa del fanal, creía hundir la mirada en todo el mundo y señorear la serranía, el mar, las nieblas, las pobres naves que en lontananza semejaban deslizarse por el cielo... Allí se era casi ave; ¡venturoso!

Rodeó la cúpula y halló la doncella, que recorría con ojos atormentados todo el camino, hasta que se ocultaba en tierras arboladas.

El hidalgo, respetando la dolorosa ansiedad de la amante, retrocedió y despidiose de las inmensidades. Alojaba ya dos semanas en el faro, a despecho y odio del ordenancista, que expuso a su jefe lo desordenado y peligroso de tal posada. El músico hubo de imponérsele bravamente y defender el ejercicio de su albedrío; el subalterno quejose a la Dirección y acusó escándalos, y en el faro se recibió noticia echadiza de pronta inspección.

Don Diego fue al pueblo, cambió la orla de diamantes por dineros, y en rendimiento de gratitud de la acogida fraternal hecha a él, extraño y miserable, llevó a la torre tabaco, cerveza, viandas y un pomo de rosas pálidas, atadas con cinta de seda, que ofreció gentilmente a la hija del músico.

Aquella noche, embriagados de música, de tabaco, de cerveza, se tutearon; y aflicciones, disciplina y turno de servicio, todo, todo fue olvidado.

Y al repasarlo imaginativamente ahora, el hidalgo reía de la iracundia del torrero tracista de reformas.

Repitió su alma el adiós a las magnas soledades, y buscaron sus ojos el cóncavo peñón en que recibiera el deleitoso y amargo bautismo de las espumas de esta costa bravía.

Venía ya anchamente por las sierras un viento poderoso. El agujón del pararrayos y los balaustres y el piso metálico de la rotonda tembloreaban con quejumbres.

Una gaviota, con las alas inmóviles, precipitose en las aguas de sol.

Las bellas puericias, tan fáciles en el viejo caballero, trajéronle el pensamiento de que sería peregrino poner un alcahaz sobre la linterna y ver brotar y acudir nubes ruidosas y felices de palomas. Ardió en deseos de tan hermosa visión, y ya que no podía las veras, quiso presenciar su simulacro. Entrose al fanal, bajó con presura las seis barras de acero de la escala, y tomó de una mesita que había en la cámara del custodio de la luz un brazado de papeles. El segundo torrero, que estaba engrasando el rodaje, gritó a don Diego que dejase el hurto; pero el nómada trepaba ya delirante, salió a la rotonda y a los cielos, y cuando el mísero farista abalanzábase sañudo sobre el hidalgo, dio éste al vendaval una nevada de papel que rodeó espesamente la cúpula; se remontaron trizas y hojas enteras, y huyeron, libres, raudas, gloriosamente al mar.

Rechinaron las mandíbulas del hombre del faro; su mirada tenía odio y sus labios saliva. ¡Aquellos papeles eran sus cuentas y anotaciones meteorológicas, ordenadas y puestas trabajosamente en limpio para presentarlas en la visita de inspección recelada!

El nómada, enloquecido de entusiasmo, no oía injurias ni rechazaba las sacudidas de manos furiosas. Dilatadas las pupilas, erguidos sus brazos, estremecida su cabeza, gritaba ronco, desfalleciendo de ventura:

-¡Allá!... ¿Las ve? ¿Las ve? ¡Vivas, vivas! ¡Aun vuelan!... ¡Allá!...

IX

Las raíces del pino, negras, robustas, monstruosas, después de torcerse desnudas sobre la montaña, se enterraban y aparecían enormes y colgadizas en la desgarradura de un antro. El tronco, rendido hacia el mar, tenía la corpulencia de los árboles que viera don Diego en los bosques de Indias. Y la copa era un palio redondo, grueso, de verdores joviales, aterciopelados, hoscos y profundos. En los claros del ramaje se asomaba la alegría del cielo; y todo el árbol guardaba rústicas sonatas del caramillo de Pan, fragor de olas y canciones del viento.

En el mullido de pinocha caída descansaba el nómada de su primera jornada de la tarde.

La partida del faro la imaginó él como despedida de ancianos patriarcas. Abrazaría al amigo hermano; besaría a la doncella entre los ojos; la frondosa cabeza del nómada se inclinaría para dejar el beso de adiós en la cabeza de la virgen dolorida de amor desventurado. ¡Como a una hija! ¡Besar un viejo la frente de la hija de un viejo amigo es el ósculo de dos paternidades! Él la hubiera besado entre los ojos. Así lo vio en un lienzo del museo de Burdeos: Le Départ, de Leon Perrault. Mirándolo, bendijo su corazón al artista. El nómada prescindía de las figuras del esposo y de la madre: quedaba el sencillo portal en un trozo de pared ruda, por cuyo cantón trepaba una vid. La cabeza del padre era de apóstol, y con la mano diestra se allegaba dulcemente a la hija para imprimir su beso entre los ojos.

Y su despedida del faro no había sido de esta manera bíblica porque en su instante -y reciente aún aquella antojadiza demasía de arrojar los documentos de servicio del ordenancista- llegaron tres serios señores en una lancha-vapora, y todo el faro fue solicitud y obediencia para ellos, los cuales ordenaban mucho; llamaban por los apellidos a los torreros, miraban a la doncella como a un empleado. El músico se convirtió totalmente en farista; estaba transfigurado. Sumiso ante los graves señores, le miraba como si no le conociera; el segundo le miraba triunfante y rencoroso; y los recién llegados le observaban con desconfianza.

...Y abandonó, desgraciado y yerto, aquel asilo donde encontrara noches antes la regaladora, la inefable calidez de dos almas buenas. ¡Infortunadas almas, anhelosas y nobles, que habían de mustiarse y reducirse por timideces y atamientos de la vida de artificio!

Removiose en su agreste cama aromosa y descansó la cabeza sobre una redonda hijuela de la raigambre como en un brazo amigo. Y amo al árbol. ¡Santas raíces que en sequedad roquera sorbían vida para un coloso bueno que daba perennal abrigo, blandura de seroja, música y fragancia! Raíces que renovaban el lozaneo de la cúpula del árbol y hacían hermosura, ¿por qué las del hombre no chupaban siempre los jugos generosos que mantienen la venustidad del alma? ¡Los hombres, los nombres, ni eran perversos ni ángeles, sino cruzados de todas condiciones, según se asentaban sus raigambres movedizas! El torrero de la mujer reumática; doña Elvira, su hermana, y otras almas de parecido linaje, ¿qué zumos sorberían, o no sorbían nada, porque estaban niñeados sin raíces en la vida?

Quedábale a don Diego poca tarde y longura de camino hasta el pueblo, y ganoso de llegar a él antes que cerrase la noche, renunció al apacible ámbito del pino soledoso. Y alzose; y volvió a caminar. Había tomado la trocha, porque el camino costanero que él trajo y pasó para mercar en el pueblo viandas y flores hacía grande rodeo.

El atajo desaparecía luego por profunda rasgadura de la sierra, trocado en cornisa; de cuando en cuando se rompía, y era preciso pasar sobre troncos puestos, de antiguo, por algún cabrerizo.

El silencio, las tinieblas de las simas, el verse en soledad que no era de cumbre, de mar ni de llanura, donde la luz llueve alegre y bendita de los cielos y la voz puede llegar a otros hombres, sino en hosca soledad mural, entregado al antro, sin posible amparo de nadie, hizo flaquear el corazón del nómada. Tenía miedo; ¿miedo a morir? Y levantó sus hombros y se doblaron sus labios con desdén. No le apuraba morir. Y el miedo mojaba de sudor la raíz de su cabello, y sus arterias amenazaban estallar. Sentía angustiosamente como su sujeción, su inferioridad a la tierra, esa tierra tan dócil que el hombre domina, abre, ciega, labra y exprime; pero la sierva tierra alguna vez pierde su mansedumbre y se revuelve contra el nombre, mostrándole su poderío, y entonces el silencio de los abismos tiene grito, y las grietas y cavernas miradas terribles de Dios. Y el corazón del hombre siente su pequeñez, y teme.

El nómada se hallaba a la mitad de la hondura. Puso la mano sobre su costado izquierdo. Alentose. ¡Después estaba la delicia de las claridades, la acogida de todo el crepúsculo! Y siguió la ruta de los antros.

A poco, en su desamparo, recibió un contento bueno de animación, de compañía. De lo alto bajaba dulzura de esquilas y balidos; y alzando la mirada, vio perfilarse en el azul dos cabras bermejas que contemplaban quietamente el fondo de los montes.

De pronto llenose el ámbito de un espantoso estruendo de alas, y subieron despavoridos dos pájaros negros, que huyeron graznando por el jirón de cielo. La senda estaba rota y tronchado el pasadizo de leños. Asomose el nómada y aspiró un hedor de sepultura reciente y abierta. Escudriñó más, y don Diego gritó aterrado, delirante.

Bajo sus pies, a la mitad de la tajada vertiente, brotaba una peña enorme, y allí había un muerto. Estaba respaldado en la montaña; tenía las piernas torcidas, quebradas; devoradas las manos, y su cabeza, ya esquelética, vuelta hacia las cumbres. Las huecas órbitas de sus ojos parecían mirar el día y a las dos cabras, que, asomadas en la altitud, acaso le vieron todas las tardes desfallecer, crisparse y morir lentamente.

El nómada retrocedió transido, sollozando: ¿no sería el despeñado el amante de la doncella que, por anticiparse la dicha, eligió la abandonada senda y murió de hambre y sed y locura, colgado sobre el abismo?

...Cuando el errante caballero escapó de los antros y subió junto al árbol centenario, besó su corteza y derramó llanto dichoso. ¡Oh, la agonía del hombre caído vivo a la mitad de la hondura... y el cielo pasando sobre él su esplendor azul!... ¡Señor, qué horrible! Pero su alma estaba alegre, su mirada se expandía, gozadora de infinito, y sus pulmones se embriagaban de ambiente libre sahumado de resina.

Lejos, erguíase el faro como pilastra de templo ruinoso, y en el fanal, el sol poniente encendía una hoguera...

Por las mañanas soleábase don Diego en la ribera, y sus ojos seguían la mansa ondulación de las rojas aguas del río. Fatigado de zahondarse en la arena, sentábase bajo los álamos desnudos, árboles románticos muy amados del nómada.

La ciudad era triste, umbrosa. Caían sobre sus calles solitarias las lentas campanadas de los templos, y los sones religiosos rodaban por la vega. La ciudad, siempre reposaba bajo el tañido de las torres. Sus tejados y los suelos criaban hierba.

De las tapias de muchos caserones prorrumpían palmeras de ramas desmayadas y cipreses negruzcos, y desbordaban las viejas hiedras.

El Instituto estaba en un antiguo convento; la Audiencia, en otro, y en un vetusto palacio ducal había fábrica de randas y tocas, un Círculo conservador y Academia de Bellas Artes, cuyo presidente honorífico era el prelado.

...Por las tardes, don Diego, vestido de sayal, servía de modelo en el estudio privado del maestro de la sección de Pintura.

Los señores canónigos, avezados a la tertulia del pintor, alabaron la grandeza y amargura que denotaba el modelo. Y Su Ilustrísima, que visitara una tarde el estudio, atraído por lo que del cuadro comentaban sus familiares, afirmó que aquella desolante actitud del modelo estaba, sin duda, inspirada en las amargas frases con que el Profeta anuncia a Babilonia su ruina. Y como era varón que recitaba bellamente los textos sagrados, alzó los brazos, sacó el pecho, donde relumbraba la joya de la cruz, y pronunció el inicial de la profecía:

-¡Virgen, hija de Babilonia: desciende y siéntate en el polvo; siéntate en el suelo; no subsiste el solio de la hija de los Chaldeos, porque no serás llamada en adelante delicada y tierna!

Seguidamente, para los señores canónigos, repitió el texto en latín.

Don Diego recordó que el pintor no había dicho nada de Isaías ni de ninguna virgen hija de Babilonia. Y, sin embargo, el maestro sonreía con lisonja y reverencia al señor obispo. ¡Su Ilustrísima lo había adivinado! El asunto estaba tomado de aquellas palabras. El fondo del cuadro sería azuloso y en él se esfumaría una ciudad murada.

Cobraba don Diego cuatro reales por su inmovilidad.

Por las noches departía con un compañero de alojamiento, amanuense de un escribano.

No le quedaba ya blanca de la venta de los diamantes; pero tenía pagadas las cincuenta pesetas de hospedaje de aquel mes, que era el de diciembre.

La señora huésped, enjuta, amarilla, picada de viruela, de moñito ralo y canoso, como hecho de hebras de arana, y manos de muerte, tenía la codicia hincada en los profundos de su pecho. Servía miserables escudillas, que enojaban con furia al escribiente. Y don Diego, regocijado y zumbón, celebraba la sapiencia económica de la señora.

Dormían los dos hombres en la misma alcoba. Todas las noches, al retirarse, sacaba el amanuense de su cofre de piel cabruna un atadijo, y de éste una alcuza; vertía aceite en una lucerna y prendía la mariposa.

-¿A usted no le molesta la luz para dormir? -le preguntó al hidalgo cuando se conocieron.

-A mí me da igual todo -dijo don Diego, y en sus insomnios veía sobre la pared el espectro del curial.

«¡Si yo, al dormirme -pensaba el nómada- me muriera sin sentirlo, no sería una hermosura para mí, un grave contratiempo para la rapaz patrona y horrible susto para este individuo, que debe de tenerme miedo!».

Llevaba veinte días de huésped y de modelo. Había ido a aquella casa recomendado por un canónigo.

Su condición errabunda se rebelaba de la quietud y de la disciplina de horas para la comida, para el maestro, oyendo la charla de los señores eclesiásticos.

«¡Pues me iré mañana!». Y pronunciada la promesa, acomodábase para esperar el sueño sobre ruidosos jergones de hojas de mazorca.

Pero al despertar en el grato calor de la frazada y helársele la mano que sacaba para asir la pipa, emperezábase su voluntad, tenía compasión de sí mismo y... no se iba.

De repente abríase la puertecita de la alcoba y asomaba, despacio, la cabeza de un viejo.

Aquella cabeza menuda, de nariz y barbilla de israelita hambriento, con brasas en los ojos, que se agitaban sepultados entre pellejos de pergamino, y orejas dobladas por un sombrero duro, enorme, hundida la copa por un puñetazo brutal; aquella cabeza inquietó y aun aterró a don Diego las primeras mañanas.

Tras la cabeza aparecía un cuerpecito ruinoso, estrecho, de cuyos hombros subidos, de asmático, colgaba un abrigo del verde de la oliva; los pantalones estrechos, rugosos, daban a las piernas semejanza de alambres rizados, y las botas eran de paño, monstruosas.

El viejo parábase delante del escribiente; sus mandíbulas se agitaban y la piel de sus mejillas se ahondaba, se inflamaba. Su voz era un silbo.

Don Diego no podía escucharlo.

Aquel viejo tendía su diestra huesuda. El curial, siempre apacible, estaba entonces torvo, y sin mirar al implorante, tomaba una moneda de las ropas dejadas en los hierros de su camastro y la tiraba en la cavidad de la mano del viejo.

Antes de cerrarse la puertecita asomaba otra vez el horrible sombrero, la nariz y la barba, estremecidas por el batir macabro de las quijadas, y las dos brasas miraban al hombre acostado.

Un día vio el nómada a este viejo salir rápido del negro cancel de la Catedral. Andaba a largas zancadas por alcanzar al amanuense; y ya juntos, el viejo hizo la misma mueca; trabajó sus mandíbulas y alargó la mano como en el dormitorio. El escribiente arrojole una moneda y se apartó. El otro quedose mirándole la espalda; después, sus ojos, donde se mezclaban furias y amarguras, se fijaron en el cielo.

El hidalgo le siguió. ¿Iría a embriagarse el viejo?... ¿Buscaría mendigas viciosas?

Don Diego había de caminar velozmente, porque el espiado daba trancos de ave zancuda.

Cruzaron dos calles agobiosas. El hidalgo se detuvo y se arrepintió de sus pensadas injurias, porque el viejo había entrado en una tahona y salió mordiendo un pan. ¡Señor, el viejo tenía hambre! ¿Es que el visaje de la maldad y el del hambre eran iguales? ¿Qué no habrían pensado de él, del nómada, las gentes? ¿Por qué los hombres eran fáciles para juzgar con vilipendio a los hermanos? Una ruin catadura de la carne nos despertaba el ansia de descubrir un nido de vilezas. ¿No habría perversidad y engaño en tales imaginaciones?

Cuando llegó a su hospedaje, preguntó a la señora por el viejo. La respuesta asombró al nómada.

El viejo era padre del amanuense.

-¡Pero si se odian, se odian!

-A mí qué me dice; cuénteselo usted a ellos.

A la señora huésped no le importaba que se odiasen... y él se angustiaba.

Al salir de la cocina, sus pies tropezaron con un gigantesco pavo, atado con una soga a los travesaños de una silla.

Don Diego recibió otra sorpresa increíble: ¡Pavo allí!

No lo compró la señora. Los tiempos no daban para gulas; pero la Virgen se había acordado de ella la víspera de Nochebuena, y con un solo billete de rifa, un solo número: ¡el 17, San Antonio Abad!, le habla tocado el animalito, que estaba ricamente cebado.

Por la noche, ya en la cama, el amanuense dijo al hidalgo que lo viera aquella tarde. ¿No había ido a la Academia?

-¡Ah, ya! -hizo don Diego- Fue cuando hablaba usted con... con...

-Sí, con ése, con el viejo.

-¡Con el viejo! ¿Pero no era su padre? -exclamó el nómada.

-¿Padre? Engendrar no es ser padre -replicó, horrible, el amanuense-. Engendrar sólo, no; en este caso, un hombre podría ser hijo de un mico y de una loca.

-Pero, de veras, ¿se odian ustedes tanto, Dios mío? -gimió don Diego.

Los labios del curial se crisparon y sonrieron ferozmente.

-¿Sabe usted por qué duermo yo con luz junto a mi cama? ¿No? Pues porque tengo miedo en las habitaciones obscuras. Y es que el viejo, cuando yo era chiquito, me encerraba semanas enteras en un cuarto lóbrego, y él, por un agujero, hacía voces de condenados y almas en pena. Otras veces me amarraba las manos y los pies, y mientras me pegaba, se reía infernalmente, injuriándome como a un hombre. Y mi madre murió martirizada... ¡Don Diego, don Diego, ódiele!

El nómada se cubrió con la frazada y sollozó. ¡Señor, y a él, que amaba inmensamente, se le habían muerto los amores de su alma!...

XI

La ciudad estaba regocijada. Los muchachos golpeaban adufes, cantaban villancicos y pedían aguinaldos.

Don Diego aguardaba en el comedor al escribiente para comer reunidos el yantar del primer día de Pascua. Pero la señora huésped entró a decirle que aquél estaba invitado a la mesa del escribano.

-Pues comeré solo -murmuró don Diego. Y añoró las felices y opulentas Navidades con la esposa y la hija en su vasto comedor de Jijona.

Volvió la señora y puso un plato ante don Diego.

El nómada retrocedió de asco y de espanto.

La señora huésped le había servido la cabeza del pavo a medio torrar; el cuello del animal aun tenía lívidas y sangrantes las verrugas y carúnculas, y apenas chamuscados los cañones de las plumas; los ojos abiertos y enteros, el moco lacio y el pico entornado hacían una mueca humana dolorosa.

Don Diego envolvió el manjar en su pañuelo y abandonó el hospedaje.

El maestro había de dar las postreras pinceladas de su cuadro para Año Nuevo. El lienzo estaba adquirido por el prelado. Y en aquella santa tarde de Navidad, el maestro acabaría la figura. Anunciole la visita el señor obispo, a quien acompañaría el gobernador, muy docto en achaques de arte. El pintor había preparado un delicado refrigerio.

Los canónigos bromeaban, sorbían rapé o fumaban.

El nómada se había ensayalado.

Repentinamente se hizo un respetuoso silencio. Y los visitantes pasaron al estudio. Quisieron que el maestro prosiguiera pintando, y el artista, sonriendo, obedeció.

El gobernador hacía catalejo de sus manos para estudiar, desde lejos, el cuadro y el modelo. Y ya estudiados, tosió y no se le ocurrió nada que expresara su parecer.

Entonces el prelado le manifestó el asunto, y acabó por levantar los brazos y decir con amargura:

-¡Virgen, hija de Babilonia, desciende y siéntate!...

Su Ilustrísima se interrumpió indignado; los señores canónigos gritaban; el maestro había palidecido, y el señor gobernador desahogaba un golpe de tos furiosa.

¡De la diestra de Isaías colgaba una horrible cabeza de pavo!

XII

Se apoyaba don Diego en un bordón de cuento de lanza; de su fardelejo salía una cántara desbocada; su boina era costrosa y reluciente de podre; las ropas mendigadas, y por las orillas de sus alpargatas desbordaban los dedos, tan deformes, que todos parecían gordales.

-¡Yo no me he visto tan miserable como ahora en toda mi vida de vagabundo! -dijo, y contempló el camino andado, que se perdía, torciéndose por campos desiertos.

Se acercó al remanso de una acequia para limpiar su alcarraza, y sonrió dichosamente, mirando en el agua su cabeza romántica.

Uno de esos perros errantes, sin raza, largos, desorejados, que hozaba en un estercolero del bancal cercano, huyó al percibir a don Diego; éste lo llamo, y el animal, que se había detenido para observar al hombre, tornó a la huida, y al correr cojeaba, porque sentía el dolor de una herida vieja.

-¡Ven aquí -le gritaba el nómada ex alcalde-; ven, si yo no te haré nada, si yo te quiero!

El perro desapareció. «¡Otros hombres te habrán apedreado y quizás castrado! ¡Qué sentirás de nosotros cuando nos huyes!». Y don Diego llenó su cántara de agua del remanso.

Cerca comenzaban los tapiales de una aldea levantina. El enjalbiego de las casas cegaba y aun olía a cal, porque era aquel día domingo, y las mujeres, en la víspera, acabaron de emblanquecer cuando ya habían salido los murciélagos y brillaba el filo de oro de una luna nueva.

Don Diego tenía hambre, pero le repugnaba pordiosear. ¿Y si cantase rapsodias de pueblos lejanos, como él recordaba que hacían otros hermanos nómadas? Eso era más altivo y artístico también; le ayudaban sus melenas y barbas. «¡A la una..., a las dos... y a las tres!...». Y rompió a reír. Tomó de nuevo aliento, prometiose gravedad, y entonces..., lloró. A la tercera vez pudo cantar. Desde las bardas de un corral le miraron inquietamente dos palomos; sonó alegre estrépito de alas, y las dos aves pasaron sobre don Diego, resplandeciendo al sol...

En la plaza, los lugareños, muy mudados, platicaban o jugaban en grupos.

La voz del peregrino se hizo ancha, tremante y dominadora; ya se suavizaba como la de un bardo viejo al evocar una terneza, o rugía al maldecir, como la de los tejedores de Silesia.

Todos le contemplaron. Mirábanle pasmados la lanza, que parecía trazar febriles signos en el aire, y le miraban con ahínco el gesto de su boca para inquirir el misterio de su palabra bárbara.

Había en un peldaño umbroso de la iglesia viejos campesinos que, cuando mozos, segaron en tierras de Argel, y los demás volvíanse a ellos, consultándoles; mas los viejos reían, mostrando los desdentados alvéolos, y alzaban los hombros y no decían nada, porque tampoco entendían al cantor. ¿De qué patria sería este hombre extraordinario? Y le fueron cercando. Los ojos de don Diego se encendieron de esperanza. ¡Oh, la admiración al misterio de sus rapsodias, a su cabeza y a su bastón ferrado, levantaría la piedad, la dulce piedad de los aldeanos!

De pronto, un grito y un trueno rodaron en la paz de la tarde. Clamaba un cornetín, retumbaba un tambor.

Todos corrieron maravillados y gozosos, buscando lo nuevo. Y el caballero quedó abandonado, y su canción se rompió.

Vibraba el cornetín, resonaba el tambor; un cornetín oxidado que empuñaba un hombre, ceñido por un traje rojo, diabólico, de acróbata ambulante, y un tambor de témpano blando y cordeles mugrientos, puesto en el suelo y tañido por una mujer seca, menuda, de vientre enfermo.

El ex alcalde aproximose a la gente, espesada en ruedo.

El volatinero se plegaba, se deslizaba ondulante como las sierpes; descoyuntado, andaba imitando una araña enorme. Luego irguiose y botó loco, espantoso, inflamado de sol...

Alzáronse alaridos de entusiasmo.

Mientras el hombre se raía con la mano el sudor, la mujer pedía, tendiendo un platito de azófar.

Y entonces fue cuando los ojos de los dos hombres nómadas se vieron, y al recibir y dar la mirada, don Diego se angustió. ¡Señor, los hombres no se amarían nunca como Tú, Maestro, dijiste que se amaran!

...Y don Diego volvió la espalda a la plaza, y entrose por una calleja húmeda. Sobre un tronco seco, aserrado, de olmo, descansó. Allí el silencio zumbaba. Piaban gorriones en los sobradillos y bajo, en la calle; y a don Diego le parecía oírlos entre las malvas y ortigas de un cementerio aldeano.

Por una cantonada aparecieron muchachos vestidos con trajecitos de domingo. Iban merendando. Y se detuvieron para ver al nómada. Mordían el pan untado de aceite o de miel, y seguían mirando, mirando.

Don Diego se fijó en un niño de ojos tímidos, inmensos, donde aleteaba su almita triste; su boca tenía la línea del sollozo; sus manos eran largas y femeninas. Llevaba ropas de fiesta, pero ajadas; le oprimían y eran grandes. «¿Por qué le habrán vestido de hombrecito? -se preguntó don Diego-. Iría mucho mejor de marinero... ¡Si yo hubiese tenido un hijo!». Y el miserable fantaseó trajes infantiles azules, con airosos cuellos blancos y áncoras bordadas en las mangas; los zapatos, de charol..., y miró el calzado del niño: eran unas botas arrugadas, con remiendos... «Pero a esta pobre criatura, ¿por qué le pondrán estas botas tan... grandes..., tan... botas?». Y lo miró con intensa ternura, y le sonrió. Los otros muchachos rompieron en carcajada. ¡El viejo, el tío de las coplas se burlaba del hombrecito! Un muchachote de recia quijada pisó con su zapatón rojo y nuevo un pie del niño triste, mostrando, al abollar el cuero, lo sobrado de la bota. Otro le quitó la gorra de visera y extrajo torcidas de periódicos que dentro pusiera la madre o la abuela para achicar la prenda...

Don Diego se levantó iracundo. Algunos escaparon. Otros, sumisos, le contaron que siempre se reían en las tardes de fiesta, porque aquel chico era el menor de su casa... y le ponían lo de sus hermanos. «¡Ensima, tiene tres!...».

Lloraba con hipo el escarnecido. Don Diego quiso aliviarle y no pudo hablar.

Abriose la ventana de la casa-abadía, que estaba enfrente, y surgió una cabeza bonachona, tocada con solideo.

Preguntó. Los niños tornaron a explicar la burla. La cabeza volvíase a todos gravemente; su voz reprendía a los talludos, alentaba al que gemía, y terminó la plática con San Mateo:

«¡Bienaventurados los mansos, porque ellos poseerán la tierra!

¡Bienaventurados los que lloran, porque ellos serán consolados!...».

Cerrose la ventana.

Y don Diego miró al hombrecito, que seguía llorando sin consuelo...

XIII

Cuando don Diego hubo sufrido la humillación de ver registradas sus alforjas, sus faltriqueras, y revisados sus pasaportes, sin haber mostrado ni un arranque de su altivez ecuestre, estuvo cerca de creerse en abandono hasta de sí mismo; pero al abatir los ojos vio las sombras de sus barbas y cabellera en el camino soleado, y su boca se dulcificó con la noble sonrisa que también brillaba en su alma. Y ya sin ira, miró alejarse a los guardias. ¡Los pobres cuadrilleros, qué rapados iban!

Y siguió caminando. Se hallaba en campos alicantinos.

En la ciudad tenía deudos y les pediría viático hasta Jijona; ¡no podía más! Ya sólo ansiaba el retiro de un desván en la hacienda de su hermana, donde aguardar el tránsito a la dichosa paz de la muerte. ¡Andanzas por mares y pueblos, allí las rumiaría su memoria; y la hermosa y blanca maleza de sus barbas y cabellos sería cuidada como santo relicario de su odisea!...

Y el nómada llegó a Alicante.

Hay en el mercado alicantino famosa colonia de jijonencos vendiendo frutas, hortalizas y macizos de turrones, que, bajo la verde o roja niebla de las gasas, enemigas del mosqueo, destilan la miel calentada por el día.

Don Diego pasó entre sus paisanos, estudiando los gestos y el habla de todos para enlazar recuerdos. Repentinamente se detuvo. Había reconocido en un jijonenco viejo y herpético, que enrollaba cartuchos de calderilla, a un su antiguo masero, al que perdonara el pago de las rentas de cosechas desgraciadas.

El vagabundo retrocedió; púsose delante de este hombre, y le dijo, mirándole a los ojos:

-¿Te acuerdas del señor don Diego?

Al viejo masero se le deshizo el duro que estaba liando.

¡María Santísima, el amo, el señor don Diego!... ¡Si aquello era un aparecido!

La nueva difundiose raudamente.

-¡El señor don Diego! ¡El señor don Diego! -se repetían gritando los vendedores.

¡Cómo no habían de proteger al desvalido, siendo sus almas piadosas!... Vida ruin fue la del señor don Diego; amó con escándalo, disipó su caudal; su hermana apartósele y le negó socorro; pero ellos olvidaban generosamente este pasado de oprobio para atender la ancianidad desamparada, porque no ayudaban o socorrían sus costumbres, sino al hombre, ni más ni menos que predicó el Estagirita.

Y le rodearon y le hablaron mentándole su perdición.

¡Ya estaba viendo, ya estaba viendo adónde le habían traído sus grandes culpas!... ¡Bastante se lo avisó doña Elvira y don José, el abogado, y el señor rector!...

Estremeciose desventuradamente el nómada bajo la explosión de recuerdos y de enseñamientos.

Por qué, Señor, se habría él declarado al viejo masero que, con las manos hundidas en la esportilla de los cuartos, le gritaba de diez en diez monedas:

-¡Ay, señor don Diego, señor don Diego!

-¡Dejadme! -voceó terriblemente el afligido.

Mas eran buenos cristianos y nacieron en el mismo lugar del miserable..., y no le abandonaron.

Acudieron guardias inquiriendo. Todo se lo contaron a los guardias, que se apartaron con las manos cruzadas a la espalda y meneando gravemente sus cabezas.

Los otros estrecharon a clon Diego; animáronle con cariñosos empellones, y a la fuerza lo entraron y sentaron en el sillón de una barbería del puerto.

-¡Al rape, maestro!

El maestro y su mancebo empuñaron máquinas y tijeras relucientes.

-¡Amigos, hermanos; no, por Nuestro Señor! ¡Dejadme, matadme, pero no me ultrajéis!

-¡Miseria, señor don Diego; todo eso es miseria! Ni cómo había de entrar de esa manera en casa de la señora doña Elvira... Casi toda, se podía decir que toda, la hortaliza vendida aquella mañana en aquella mañana en la plaza estaba arrancada en las huertas de la señora.

-Mire, don Diego, cal1 que diga -añadió el masero.

-¡Al rape, maestro! -dictaron muchas voces.

Aulló don Diego súplicas, injurias, blasfemias. Entonces algunas manos robustas y callosas taparon la boca del caballero; otras lo afianzaron al asiento. Y el holocausto comenzó.

Su barba de profeta, sus cabellos nobilísimos cayeron lentamente en espesos toisones, y fue emergiendo un cráneo reducido, como aparece un peñón al desbordársele la nieve que lo agrandaba con blancas turgencias.

Eran buenos sus paisanos, pero no pudieron reprimir la risa al ver motilado medio cráneo del señor don Diego. Golpeábanse los muslos y se daban codazos reventando de bulla...

¡Si es que no podían contenerse!

-¡Ésta -dijo un jijonenco-, ésta si que es la verdadera cabeza del señor alcalde don Diego!

Cuando los sayones libertaron la pobre testa, el mártir alzó medrosamente la mirada, y al devolvérsela el espejo, sintió como un crujido de dolor en todas sus entrañas... ¡Todo estaba acabado! ¡Allí, en su cabeza ruda y pequeña y en su cara ancha y raída, se le presentaba el pasado lugareño desde la muerte de los santos amores a su manumisión casi de alma soñadora! ¡Él había roto las ataduras de un pueblo, y del miedo a la miseria, para manifestarse altivo y no parásito, y ser libre, como el Nazareo, hijo de Manué, quebró las siete cuerdas tejidas con nervios recientes y húmedos para mostrar su fortaleza!... ¡Oh, si aun huyese!...

...Pero esto se lo había inspirado el aleteo último de su corazón; y quedó en deliquio angustioso. ¡Todo estaba acabado!

-Ahora, señor don Diego -dijeron sus paisanos-, al pueblo, a la heredad de doña Elvira.

-¡Amigos, hermanos -plañía el mísero-, así, no; ya no me lleguéis; ahora... tiradme al mar!...

Y se palpaba con manos trémulas su cráneo rapado...

XIV

La cristiana señora esclareció con un blanco lenzuelo los empañados anteojos; se los puso y miró sobre ellos la tarde campesina, fría y pálida. Luego prosiguió leyendo: -«Vallcebre: Te doy gracias, Madre amadísima, por la grande merced que me has concedido. Anoche sentí un acerbo dolor en el corazón; recurrí a Ti ofreciéndote publicar en los Anales el favor si me lo quitabas, y apenas acabé de rezar el Acordaos, ya no sentí dolor. Hoy, al darte las gracias, te ruego acojas bajo tu protección a quien Tú sabes. Y ruego a todos los asociados que recen un Acordaos por mi intención...».

-Vamos, pues, ama Virtudes: Acordaos, Virgen Santísima, que jamás se ovó decir...

Y la oración fue rezada muy paso hasta quedar en un suspiro.

-¡Yo no sé, ama Virtudes, yo no sé cómo hay impíos en la tierra!... Y antes que se me olvide: me he fijado, ama, que cuando rezas el Acordaos siempre dices enjamás se oyó decir; y no es enjamás, sino jamás. ¿Te acordarás? -preguntó sonriente doña Elvira.

-¿Y yo decía enjamás? ¡Señor, Señor!

Seguían en los Anales los dones otorgados por Nuestra Señora a devotas de Valencia, Vigo y Zaragoza.

Acabada la lección, quedaron las dos mujeres en silencio.

Llegaba del camino el rodar fatigoso de un carro.

A doña Elvira le pasmó grandemente ese ruido. Su vida de soltería no era sólo de plegarias y apartamiento; curaba también de su hacienda y sabía menudamente de las faenas campesinas en sus tierras. Aquella tarde, los hombres de la heredad ministraban los riegos de los bancales hortolanos, y las mujeres estaban todas en la gran cocina; unas heñían la masa del pan y otras colaban. La casa olía a leña quemada... Pues los carros no salieran y las bestias reposaban en los pesebres... El camino terminaba en la finca... Luego allí venía el carro, y carro forastero...

-Ama Virtudes, ¿no será el hermano limosnero del convento?

-Vino el lunes, señora; pero bien pudiera ser el hermanito.

-Pues si vino, no es, ama Virtudes, y además, queda poca tarde.

-Entonces no será, como dice la señora.

Ese camino por el que paseaba plácidamente doña Elvira en el vareo de las oliveras para reprimir, con su honesta presencia, el bullicio de la gente; ese camino, comienzo del mundo tan temido y odiado de la señora, ¿quién podía entonces transitarlo con intención probable de pernoctar en la heredad?...

-Si te asomaras, ama Virtudes, podríamos saber qué carro es ése que llega.

Ama Virtudes se confesó que no se le había ocurrido hacerlo, y, sin embargo, apetecía saber lo mismo que la señora.

Salió del aposento, y pronto vino con noticias estupendas: el carro llevaba copiosa compañía de hombres a pie, y dentro iba el señor rector. ¿Qué era aquello?

La paz de la heredad poblose de voces y ladridos. Y doña Elvira vio entrar en la sala a los más graves y conocidos varones de Jijona.

El señor rector apartose al estrado con la dama, y estuvo hablándole; señalaba al techo -pero debía referirse al cielo el índice del señor rector-. Y doña Elvira, compungida, plegadas las manos y trémulos sus labios, musitaba:

-¡Que entre, sí, señor rector! ¿Yo qué he de decir? ¡Que entre!

Entonces apareció don Diego. Ya no iba astroso, sino mudado con traje pardal muy recio.

Miráronse los dos hermanos, observados por los hombres de Jijona, por los maseros, por las mujeres, por los muchachos.

Una vidriera daba paso a una alcoba honda, y aquí se refugió prontamente don Diego. Subiose vestido sobre la cama y hundió su cara en el cabezal.

Fuera, murmuraron. Los señores acompañantes comentaban la sequedad del encuentro de los hermanos. Desde el pueblo a la heredad vinieron preparando la escena para que resultase edificante de ternura. El aventurero se arrodillaría a las plantas de su hermana, y ésta lo levantaría, otorgándole su gracia.

Mas don Diego estuvo frío y hosco. Asomábanse a la yacija del nómada esquilado, y le aconsejaban arrepentimiento. Pasaron otros y le amonestaron, meneando solemnemente sus cabezas.

Después rodeaban a la afligida señora.

Y el señor rector dijo su estudiado discurso:

-Todos, señora mía, subimos nuestro Calvario, y, sobre su cumbre, hemos de ofrendar al Señor la blanca y herida paloma de nuestra alma. Alégrese, regocíjese, señora mía, porque esta prueba del temple de su caridad ha de traer el milagro del rescate de una extraviada oveja...

Las palabras del señor rector sabían a hostias y vino rancio de misa, y embriagaron místicamente sus entrañas. ¡Qué era aquella flama de sus mejillas! ¡Veíase admirada y compadecida por tantos excelentísimos varones!

-¿Y mi perro, mi León, dónde está? ¡Yo se lo di al notario -gritó don Diego desde su refugio-, y han de devolvérmelo!

Y el notario, que se hallaba en el coro de acompañantes de la señora, le dijo:

-León murió; le dieron zarazas.

Doña Elvira y ama Virtudes respiraron.

Llegada la noche, fueron las visitas dejando la heredad.

Y ya sola la cristiana señora, y sin caricias de palabras de panegírico, sintió un enojo seco y helado.

-¿Qué tiene la señora?

-¡No sé, no sé, ama Virtudes!

Ama Virtudes salió.

De súbito, la señora tuvo miedo; don Diego estaba murmurando. ¿Tendría fiebre? Se escuchó un sollozo roto. Tornó ama Virtudes templando una tisana humeante. Al ludir la cucharita con la taza, hacía un sonecillo como de esquila de rebaño.

-Esto le hará bien, señora.

Doña Elvira puso levemente los labios en el borde de porcelana, y sorbió. Luego alzó los ojos.

Y prosiguió bebiendo, mientras don Diego tenía hipo y ama Virtudes suspiraba:

-¡Señor! ¡Señor!